조선일애전

녹두전 ④

혜진양 지음

arte POP

조선왕조애정

녹두전

잠시만요!

그만요!!

그게
그러니까,

으허헉

철푸덕

이건 너무
갑작스러워서.

혼인은 하자고 했지만,
아직 혼인을 한 건
아니잖아요.

맞아.

죄송해요.

미안.
이제 진짜 부부가
되는 거라고 생각했더니,
설레서 그만.
내가 잘못했어.

아니에요.
제가 미안해요….

어흐…
내 허리….

많이
아프죠?

아니야. 동주 네가 미안할 거 전혀 없어.

내가 생각이 짧았어.

…후.

자, 그럼 혼인부터 해볼까?

단출하긴 하지만, 지금 내가 준비할 수 있는 한에서 최선을 다했어.

……

저기… 그런데 이 청주, 이모님께서 아껴 드신다고 방에 숨겨두셨던 거 아닙니까?

맞아.

녹두 씨.

뭐….
이거 우리가 마신 거 아시면 분명 화를 내시겠지만,

잘하셨어요, 훙훙훙.

혼인할 때 마셨다고 하면 잘했다고 하지 않으실까?

아무튼 제대로 된 혼인식은

모든 게 끝난 후에,

그때 다시 제대로 하자.

그래도 형식은 지켜야 하는 거니까.

물어볼게.

나와 함께,
부부로 살아줄래?

대답을
드리기 전에.

형식을 차린다는
사람이,

적어도
치마저고리 말고
사내답게 입고 오시면
안 되겠습니까?

여기에서 벗으라는
말이 아니지
않습니까!

아.

미안.

주섬
주섬

버럭

그럼,
금방 다녀올게.

꿀꺽

있다.

행수님께서
어미 같은
마음으로
주는 거니

가져가라고
하셨던 활옷….

화초 올릴 때
입으려 했던 옷이라
꺼림칙할 수도
있겠지만,

이 옷이
내 팔자를 고친 것이니
나중에 시집갈 때 입으라고
하셨었지.

1609년

덜컥

오셨습니까.

그래, 오셨습니다.

정윤목

이혼

아니, 그런데 어찌하여 혼자이신 겝니까?

궁에는 절대 들어오지 않으시겠다던 형님께서

형님을 대신할 영특한 자를 데리고 오신다고 해서 내 큰 기대를 가지고 나온 것이란 말입니다.

알겠습니다.

그럼,
간만에 오랜 동무를
만났으니 한잔부터
하시지요.

좋습니다.

형님, 홀몸으로
온 대가는
책임지셔야 합니다.

'이지'는
잘 지내고
있습니까?

내 사는 게 정신이 없어
하나뿐인 아들에게도
신경을 못 쓰니
아비로서 미안할 뿐입니다.

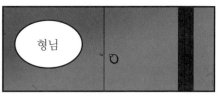

형님

전 비만 내리면
품에 안아보지도 못하고
보낸 첫아들과
윤저 형님이 그렇게
보고 싶습니다.

그때만 생각하면
'나도 무척이나 어렸었구나'
라는 생각이 듭니다.

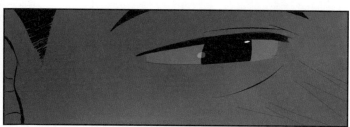
그리
오래된 일도
아닌데,

형님 가족들에게는
내가 신세 진 것이
너무 많습니다.

신세라니요.
그리 말씀하시는 것도,
생각하시는 것도
안 된다고
말씀드렸지 않습니까?

이곳은
…안이 아닙니다.
형님.

전 신하를
만나러 온 것이
아니라,

하나 남은
제 동무를 만나러
온 거라구요.

형님께서는
말도 안 되는
생각이라
말씀하시겠지만,

전 형님들을
은인이라
생각합니다.

특히나 돌아가신
윤저 형님은 먼저 하늘로
떠난 제 아들을 지켜주고
계실 거란 생각을 합니다.

1592년 5월 12일

*빈궁은

*빈궁 : *왕세자의 부인
*왕세자 : 왕위를 이을 왕자

아이를 낳으며
소리 한 번 내지 못했다.

빗소리에
비명소리도 묻힐 텐데,
한 번쯤은 마음 놓고 소리를
질러도 되었을 텐데,

그리하지 않았다.

피란길에 태어난
아이가 혹여나
잘못되었을 경우,

이는 불길한 징조로 여겨질 터이니,
빈궁의 임신은 소수의 몇 명을
제외하고는 아무도 몰랐다.

아이를 낳는
어미조차 소리 내지
않는 것을,

아비 되는 자는
어미보다 못한지 빗속에
숨어서 울었다.

결국,
그렇게 태어난
아이는

정탁

왜군들의 손에 억울하게
죽어 나가는 백성 하나 구하지
못하는 왕손 주제에,

그런 주제에
자기 새끼는 귀한 줄 알고
살기를 바라서,

울음 한 번 터뜨리지
못하고 죽었다.

천벌을 받은 것이다.

아기에게는
잘못이 없는데,

백성들도 마찬가지다.
왜 피를 흘리는 것은
백성들의 몫인가?

죄는 아비가 지었는데
왜 벌은 아기가 받는
것인가.

허무하게 가버린
아기의 얼굴을
볼 면목이 서지 않아

아기의 얼굴 한 번
확인하지 않은 채,

윤저 형님께
부탁해

깊은 산속에
아이를 묻었다.

그 후로도 무능한 왕과
그 아들 때문에 백성들의
비명소리는 하루도
멈추지 않았고.

전쟁 중에 태어난
왕자의 아들이
태어나자마자
죽었다는 소문이 돌면,

그 곡소리는 아이를
묻으러 간
윤저 형님까지
먹어버렸다.

나라에 망조가
들었다는 소문이
함께 돌 터이니,

들리는 말에는
아이를 묻으러 간 형님이
산속에서 호랑이를 만나
물려 죽었다 했다.

무능한 왕이
소문을 묻기 위해
윤저 형님을 아이와 함께
묻은 것이겠지.

전하, 이제
들어가셔야
합니다.

그래,
비도 그친 것 같으니
들어가자꾸나.

형님.

제가 많이 참고
있다는 것은
알고 계시지요.

머리로는
당장이라도 형님을
모시고 안으로
들어가고 싶습니다.

하지만
그리하지
않는 건,

형님께서 원하지
않으셔서 그런
것도 있지만.

내 형님
앞에서만큼은
'임금'이 아닌
동생 '혼'으로 있을 수
있어서,

그것을 놓고
싶지 않아 그리하지
않는다는 것…

…아시지요?

하지만,
그 낙(樂)마저도

이번이 마지막일 수도
있을 것 같습니다, 형님.

…이미 임금은

자기 자식을
죽은 아이라 생각하고
마음에 아이를 묻었다.

그런 아이를 내가
다시 데려오는 것이 과연
올바른 일일까….

쾅

궁에 너희처럼 연년생의
형제 왕자님이 계시는데,
네 녀석들과 나이대가
비슷해서 말이다.

참말요?

......

너희가 왕자님들을
만나 뵙기 전에 반드시
알아두어야 할 것이
있단다.

참말이고
말고.

정탁(57세)

다만,

그것이
무엇입니까?

첫째 이진 왕자님은 올해 여덟 살, 둘째 이혼 왕자님은 일곱 살이 되셨단다.

왕자님들의 어머니께서는 둘째 이혼 왕자님이 세 살이 되시던 해에 돌아가셨단다.

어찌 돌아가신 겁니까?

*산후병이었단다.

왕자님들께서 많이 외로워 하시겠군요.

*산후병 : 아이를 낳은 뒤에 조리를 제대로 하지 못하여 생기는 여러 가지 병

형, 그건 아닌 것 같아.

왜 외로워하시겠어. 궁에 사람이 얼마나 많은데.

윤목이 너… 진심이니?

윤목아, 네 형의 말이 맞단다.

네?

너희를 데려가는 이유가 바로 그 외로움 때문이란다.

임금님께서는 어머니를 잃은 왕자들에게 눈길을 주시지 않는단다.

궁에서만 살 뿐, 어린 나이에 부모님과 살붙이며 살고 계시지 못한 게지.

그럼 저희가 더 열심히 하면 되겠네요!

형이랑 제가 왕자님께 부모님 같은 형들이 되어드릴게요!

윤목아, 정신 사납다. 앉아라.

네.

풀썩

그렇게 해서
만나게 된 것이

이거 놔라!
놓으라고 하지 않았느냐!

동생을 패고 있는
이진(8세)과,

처음 우리에게 말을 걸은 왕자는 형인 이진.

그런데 저놈들은 누구냐?

저놈 때문에 난 화가 아직 풀리지 않았단 말이다!

정탁 님의 자제분들이십니다.

그래?

야, 너희 둘! 눈 깔아.

찍소리 못 하고 형에게 맞고 있는 이혼(7세)이었다.

언능 눈 안 깔아?

어딜 감히 왕자 앞에서 고개를 빳빳이 들고 서 있어?!

버럭

진이는
첫인상만큼이나
말하는 싹퉁바가지가
대단했다.

이진은 아버지가
말한 외로움이라는 게
눈곱만큼도 보이지 않는,
하나뿐인 자기 동생을
놀리는 데서 낙을 찾는
모난 놈이었다.

반면 동생 혼이는
항상 어머니가 자신을
낳으면서 걸린 병 때문에
죽었다는 형의 말을 듣고
자란 탓인지,

뭐래?

형은 진짜
좋은 형이었구나.

말 한마디 편히
못 할 정도로
소심한 아이였다.

이혼!
너도 사내면 사내답게
당하고만 살지 말란
말이야.

네 어머니가
돌아가신 게
왜 너 때문이야?!

버럭
버럭

그건 병 때문이지
너 때문이 아니라니까?!

하지만….

하지만이
아니지!!!

움찔

윤목아,
너 흥분했다.
자제해라.

소곤

아무리 친해도
상대방은
왕자님이시다.
아우야.

소곤

하지만,

37

당하고만 살면
안 된다는 말에는
저도 동의합니다,
왕자님.

저희가 혼 왕자님의
대리인이 되어 딱 부러지는
말을 이진 왕자님께
전해드리겠습니다.

응, 응.

아… 그게
고맙습니다.

진정 왕자님께서
이진 왕자님께
딱 부러지게 말씀을
못 하시겠다면,

하지만,

형님을 괴롭히지는 말아주세요, 형님들.

헐….

그것은 제가 원하는 게 아닙니다.

잘 기억은 안 나지만, 어릴 적에는 상냥하셨던 분이셨습니다.

……

……

어머니가 돌아가신 후에 마음이 아프셔서 변하신 것뿐입니다.

저한테 화라도 내지 않으시면 많이 슬프셔서….

그래서 그러시는 것일 테니, 기다리면 나아지실 겁니다.

…그때 느꼈다.

혼이 녀석은 뼛속 깊이까지 호구….

…가 아니라
본 심성이
착하다는 것을.

한 번의 반항도 하지 않고,
형이 알아서 변하기를
기다리면서 살겠다는 거냐고!!

그럼, 앞으로도
계속 이렇게 당하고
살겠다는 거야?

덥석

윤목아,
그만해.

그래서 더
도와주고 싶었다.

그리고 그 마음은
윤저 형도
마찬가지였다.

그래, 알겠어.
혼이 네 마음이
그렇다는 데 우리가
어쩌겠어.

미안해요.

아니,

미안해하실
필요가
전혀 없습니다.

네?

움찔

윤목이 넌
보고만 있어.

왕자님,
죄송합니다.

순간이었지만,

나는 진심으로 형이
미친 줄 알았다.

놀래켜서.

하나.

둘.

네 이놈들!!!

니들이
진정 미쳤구나!
어딜 일국의 왕자에게
손찌검이느냐!!!

꼬옥

정말 놀랐다.

혼이를 때리는 듯한
소리가 나자
어떻게 그 소리를 들었는지,
진이가 바로 달려왔다.

큰 왕자님께서
앞으로도 작은 왕자님을
아끼고 위해주시면
모두가 생각을 바꾸겠지만,

나중에 형에게 그때 무슨 생각으로 그랬냐고 물어보니,

큰 왕자님께서
변하지 않는 이상,
앞으로 우리뿐만이 아니라
더 많은 사람들이 작은 왕자님을
이리 대할 겁니다.

"원래 형이라는 놈들의 심리가 다 그렇단다."라면서 웃었다.

뭐….

뭐시라?!

내가 괴롭히거나 놀리는 것은
괜찮아도 남들이 동생을
괴롭히는 것을 보면 속에서
불이 나 못 견딘다는 것,

그게 형이라는
족속들이라고.

어디서 잘난 척이야!!!

거기 밖에
누구 없느냐!

저기, 형님.
전 맞지
않았습니다.

이놈들이 왕자의 얼굴에
손찌검을 했다!

닥쳐.

그건 내
알 바
아니니까.

형님들, 일전에는 저 때문에 고생 많으셨습니다.

알면 됐다.

그날 이후로도 크게 달라진 건 없지만.

원래 사람은 쉽게 안 변해.

생구

적어도 전처럼 때리지는 않으세요!

...어, 그래.

그것참, 다행이구나.

그때의 인연으로
아버지를 따라 궁에 갈 때마다
혼이를 만나
속 이야기를 나누며
친형제처럼 지냈다.

큰 왕자인 이진은
변함없이 궁 안의
문제아인 듯했지만,
더는 혼이를 괴롭히지 않았다.

임금의 자리를 놓고
혼이에 관련된 많은
이야기들이 돌고 있다고
아버지를 통해 계속
들었지만,

난 평화롭다고 생각했다.
우리가 만난 혼이는
흔들리는 모습 하나 없이
공부하고 또 공부하는
모습뿐이었으니까.

혼이가 13살이 되던 해에
혼이는 문양부원군
유자신의 셋째 딸과
혼인했다.

오히려 뇌리에
선명하게 남아있는
기억은,

혼이가 열여섯이
되던 해에

형님들, 축하해주세요.
부인께서 임신을
하셨다고 합니다.

*군부인 : 조선 시대 정1품 *왕자군의 아내에게 주던 *봉작   *서자 : 첩의 몸에서 난 아들
*왕자군 : 임금의 *서자에게 주던 봉작   *봉작 : 관직을 줌

조선일애뎐

녹두전

하지만
그 기쁨도 잠시,

얼마 안 있어
전쟁이 터졌다.
왜군의 침략이었다.

왕세자를 따로
*책봉하지 않고 지내왔던
왕은

*전황이 좋지 않았다.

왜적들이 곧 한양에 닥친다는
소식에 급하게
혼이를 왕세자로 택했다.

*전황 : 전쟁 상황

*책봉 : 임금이 왕비나 왕세손 등을 봉하는 것

그리고
바로 다음 날,

왕은 왜적들을
피하기 위해
궁을 버리고
피란길에 나섰다,

그리고 우리도
혼이와 함께했다.

그 피란길에는
혼이도 함께였다.

우리가 혼이를
위해서 할 수 있는 일은

그것밖에 없었으니까,

피란길은
고됐다.

왕세자와 출산을
앞둔 *빈궁도

*빈궁 : 왕세자의 부인

반찬 없이 밥만
먹었다.

혼이가 왕세자로
채택되었음에도 불구하고

모든 신료들의 관심은
여전히 왕에게만 쏠려있었다.

그리고
그날이 왔다.

큰비가 내리고
있었다.

빈궁마마께서는
아이를 낳으며 소리 한 번
내지 않으셨다.

빈궁마마의
출산은 조용히
이뤄졌다.

덕분에
피란길에 오른 최측근들을
제외한 다른 신료들은
빈궁마마께서 임신하셨다는
사실도,

아이를 낳았다는 사실도,

그렇게 태어난
아기가

단 한 번의 울음도
터트리지 못했다는 것도,

알 수 없었다.

싸아아

…윤저야, 윤목아.
미안하구나.
내가 너희를 데리고 온
이유는 이 상황을
대비해서였단다.

아기님을
…아무도 모를
곳에 묻어 드리고
오너라.

그랬다.
실은 아버지께서 따로
부르셨을 때부터
눈치채고 있었다.

피란길에 함께
하기는 하지만,

피란 명부에
따로 적혀있지 않고
언제 사라져도 찾는 이 없는
사람들,

그게
형과 나였다.

그 누구도
우리를 찾지 않을 것이다.
그 누구도 빈궁마마의 출산에
대해서 묻지 않을 거다.

첫 출산을 한 산모는
아무런 일도 없었다는 듯이
다시 피란길에 오를 것이고,

첫 아이를 잃은
어린 아비는 다른 이들 앞에서
눈물 한 조각
흘릴 수 없을 것이다.

쏴아아

윤목이 넌 남아서
혼이 곁에 있어줘.

뭐?

형 혼자
다녀올게.
그게 맞아.

윤목아,
혼이를 잘 부탁한다.

…그것이

전쟁 중에 마지막으로
본 형의 모습이었다.

저하,
이제 출발하셔야
합니다.

…알았다.

형님께서는
어찌하실 겁니까?

형님은
그날 밤도,

그다음 날도,

그다음 날
밤에도,

돌아오지 않았다.

셋째 날,
아침

돌아온 것은
형이 아닌,
임금과 함께
떠났던 아버지었다.

아이를 묻으러 간
형 뒤에 사람이
붙었던 것 같다고
말씀하셨다.

우리가 호랑이에게
잡혀가 죽었다는
소문이 피란 행렬에서
돌기 시작했다고 하셨다.

너라도
살아남아 줘서
다행이라고 하셨다.

그리고는 너라도
살아야 한다며
형이 호랑이게 물려 죽었다고
가서 말하라 하셨다.

난 겨우 살아
도망쳐 나왔다고
말하라 하셨다.

너까지 잃을 수 없다며
내 손을 잡고 아버지는
다시 임금의 무리에 합류하셨다.

머리로는 이 상황들을 다
이해할 수 있었다.

피란길에 태어난
왕세자의 아들이 죽었다는
소문이라도 돌면,

왜군들은
승운을 탔다며
그 어떤 소식보다
기뻐할 것이며,

백성들은
더 불안해할
것이었다.

그러니 혹여나
아이를 묻은 곳이
알려진다거나
이 소식을 아는 자가
더 나오기 전에 본보기로
형을 죽인 것이다.

……

왜…

왜 그때는
여기까지 생각을 하지
못했던 걸까?

이럴 줄 알았다면
형과 함께 갔었다.

쏴아아

이럴 줄
알았다면,

그렇게

그렇게!!!

보내지 않았다.

형은 이렇게
될 줄 알았던 걸까,

그래서 나를 두고
혼자 갔던 것이었을까.

다시 만난
혼이와 나는,

아무도 볼 수 없는
작은 방에 들어가
소리 죽여 울고 또 울었다.

1598년

짧게 끝날 것
같았던 전쟁은
7년이 지나서야
끝이 났다.

전쟁의 끝을 알리듯
얼마 안 있어 빈궁이
아들을 낳았다.

아기의 울음소리에
마음이 놓였다.

아들의 이름은
이지라고 했다.

역사에
처음 기록되는
공식적인 혼이의
첫아들이었다.

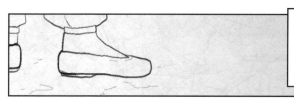

혼이의 아들 소식을 듣고 나니
갑자기 형이 보고 싶어
미칠 것 같았다.

궁에 있는
혼이와 아버지에게
고향으로 돌아가
형님의 위패라도 제대로
모시고 오겠다고 하고
길을 나섰다.

그런데,

네? 어머니?
형이 집에서
지냈었다고요?

그게 무슨
말씀이십니까,

그 사실을 어찌
이제야 말씀하시는
것입니까…?

그럼 형님은!
지금은 어디에,
…어디에
계십니까?!

그것이…

…마을에
역병이 돌아 죽었단다.

집에 돌아오기는
했었지만,
전쟁 중이었지 않느냐.

위패가 아니라
제대로 된 묏자리에
형님이 모셔져 있다는 것에
감사해야 하는 겁니까?

형님.

형님뿐만이 아니라
형수님.

그리고
은체와 얼굴 한 번 보지 못한
형님의 둘째 딸 은이까지
모두 다 역병으로 죽었다고 한다.

조선 일애던

녹두전

형의 무덤에
다녀온 이후로,
난 모든 의욕을
잃었다.

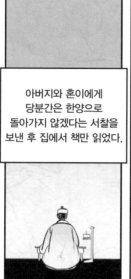

아버지와 혼이에게
당분간은 한양으로
돌아가지 않겠다는 서찰을
보낸 후 집에서 책만 읽었다.

그렇게
얼마나 지냈을까?

오래간만이구나.

오셨습니까?

윤목이가
와 있다기에
잠시 들렀네.

이시발

형과 어릴 적부터
절친히 지냈던 벗,
이시발이 찾아왔다.

형님,
살아계셨습니까?

너야말로
고생 많았다.

어서 안으로
들어오시지요.

아니다.

너와 이야기를 나누기 전에
내 너를 먼저 데리고
가야 할 곳이 있어서 말이다.

…네?

그게 무슨
말씀이신지….

시발이
왔느냐.

네,
어머님.

윤목아.

옷 단단히 입고
시발이를
따라나서거라.

네?

......

네가 방에만 박혀 책만 읽기에
내 걱정이 되어
시발이를 부른 것이다.
함께 바람이나 쐬고 오거라.

알겠습니다,
어머님.

그때는 그냥 시발이 형님과
가볍게 동네 한 바퀴 돌고,
국밥집에 들러 술이나 한잔 마시고
오라는 이야기인 줄 알았다.

아니, 형님.

하지만
가볍게 나선 길은
도무지 끝날 기미가
보이지 않았다.

가보면
안다.

산을 넘고,

또 넘고,

또다시
몇 개의 마을을 넘고
넘은 후에야,

대체 어디까지
가실 작정이신
겁니까.

이곳이 어디인가 할 정도로
깊은 산속에 있는 작은 마을
그 끄트머리에 있는 초가집에
도착해서야 끝이 났다.

형님,
이곳이 대체
어디입니까?

잠시만
기다리거라.

윤저,
자네 어디 있는가!

움찔

두근 두근

시발이 자네,
다녀간 지 얼마나
지났다고 또 왔어.

네 어머니께서 네게
윤목이 좀 데려다
주라고 부탁하셔서
말이지.

윤목아,
어서 들어오지 않고
뭐 하고 있느냐.

그리고 그곳에서

거짓말처럼 살아있는
윤저 형님을 만났다.

어떻게,

꽈악

형이 살아있을 수 있어?

살아있으면 어떻게든
알려줬어야지!!!
내가 형님 묘소에 찾아가
제사까지 올렸었는데,
어찌 살아있냐고!

나도 지금 내가
어떤 건지를 모르겠다고!
형이 살아있어서 기쁜데,
너무 기쁜데!!
화가 나서 미치겠다고!!

버럭

잠깐,

설마
형이 이렇게 살아있는 거
아버지도 어머니도
다 알고 계신 거였어?

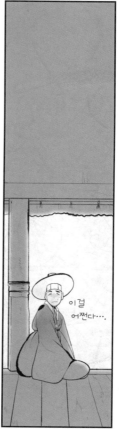

이걸
어쩐다….

우다다다

…나 빼고
전부?

꽉

미안하다,
윤목아.

......

이덕아,
팔 꽉 잡아.

응.

아부지,
이 아저씨 누구예요?

그리고 그곳에서
형님의 아이들을
처음 만났다.

애들아,
너희들의 작은아버지
되시는 분이다!
그만하거라!

네,
아버지.

조선일애편

녹두전

장남
정이체입니다.

차남
정이덕입니다.

막내
정이은입니다.

작은아버지.

하하하.
그래, 내가 너희의
작은아버지다.
은체는 막 걸음마
할 적에 보고
처음이구나.

작은아버지
기억 안 나니?

갸웃

기억을 잘 못 하는 건
작은아버지 같습니다.
제 이름은 '은체'가 아니라
'이체'입니다.

뭐?

그게 무슨 소리냐?
'윤'자 돌림 다음에는
'은'자 돌림으로 이름을 짓는 것이
정해져 있는 것인데…?

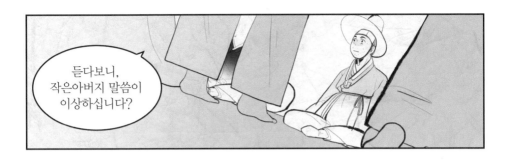

듣다보니,
작은아버지 말씀이
이상하십니다?

전 정은덕이
아니라
정이덕이구요.

그리고 얘는
정이은이구요!

작은아버지 말씀대로면
아버지가 저희 세 남매 이름
전부를 잘못 짓기라도
하셨다는 겁니까?

아… 그게.

……

미안하구나.

아무래도
작은아비가 잘못 알고
있었던 것 같구나.

형님,
둘째 녀석 성격이
보통이 아닙니다…?

그리고 분명 저희 아랫대
아이들은 '이'가 아니라
'은'자 돌림 아닙니까?
이게 어찌 된 일입니까?

……

거기다가 아이들 이름을
'이'자 돌림으로 하시다니
아는 사람들이 아이들 이름 부르는 걸
보면, 왕손들인 줄 알겠습니다.

하하.
안 그렇습니까?

잠… 깐?

…이덕?

이덕… 분명 그 이름은 혼이가 지어놨던 이름이었다.

작은아버지께
인사드렸으니,
너희들은 나가 놀거라.

아비가
작은아버지랑만 둘이서
얘기 할 것이 있단다.

하지만,
아버지!

두 분이서만
계시다가 또 다투시면
어찌합니까!!

엽전이다.

그걸로
놀다 오거라.

헐!!

그럼
두 분이서

오붓한
시간이 되시어요.

아버님들.

형.

혹시 저 이덕이가 그 이덕이야?

저 이덕이는 누구고 그 이덕이는 누군데?

모른 척하지 마!!!! 저 아이!! 혼이 아들 맞지!!!!

제정신이야??! 어쩌려고 저 아이가 왜 여기에 있어?

그럼 살아있는 걸 죽여?!?!!!! 버려?!?!

버럭

어쩔 수 없었다.

덕이를 살리려면 신분을 숨기고 살아야 했다. 그래서 내 이름뿐만 아니라 아이들 이름도 바꾼 거야.

바꾸는 김에 덕이는 혼이가 지어준 이름이 있었으니까, 정이덕으로,

은체를 이체로, 은이를 이은으로 이름을 바꾼 거야.

제정신이 아니야.

제정신이 아니라고, 제정신이 아닌 이상 어떻게 이런 일을 저지르냐고.

미안하다.

형이 무슨 짓을
저지른 건지는 알지?

미안하다고 말만
해서는 해결될 일이
아니잖아.

알고 있다.

하지만,
윤목아.

어쩔 수 없었다.
나는 이덕이를
내 손으로 죽일 수는
없었다.

이덕이는
내 아들이기도
하니까.

나도

혼이와 널 두고
나설 때지만 해도
이덕이가 죽은 줄만
알았었지.

하지만,

멍칫

죽은 게
아니었어.

ᄈ
ᄈ
ᅡ
ᄀ
ᄋ
ᅡ

희미하지만,
아기의 숨소리가 들렸어.

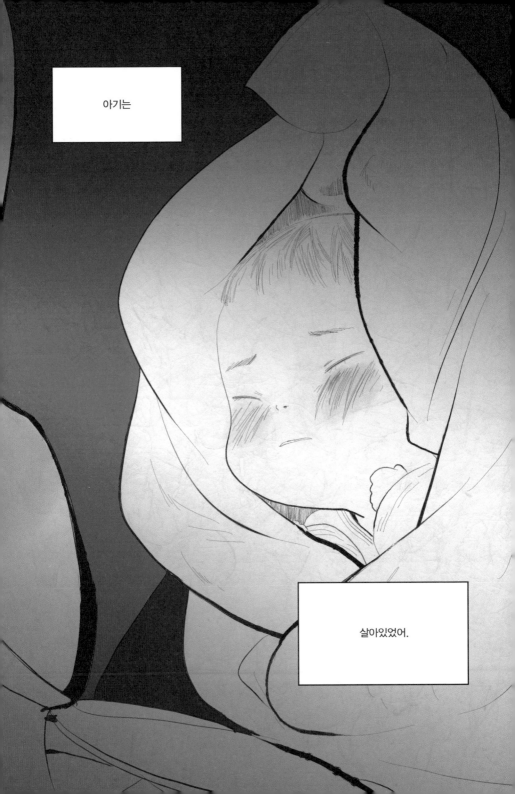

아기는

살아있었어.

아기가 살아있단 것을
알자마자 나는 산을
내려갔다.

죽은 줄 알았던 아기가
살아있다고 하면

죽어가는 아기를
다시 살릴 수만 있다면,
이 아기가 나라를 다시 살려낼 수
있다는 길조의 상징이 될 수
있을 거라고 생각했거든.

하지만,
그건 내 착각이었어.

지금도 그자가
누구였는지 누가 보낸
것이었는지 모른다.

기억나는 건 나와 이덕이가
그자의 손에 죽기 일보 전에
아버지가 나타나
그자를 저지해주셨었다,

그 덕분에
지금 이렇게
내가 살아있을 수
있었다는 거지.

아버지가…?

이 사람들 진짜 못 써먹겠네. 그럼 그때부터 아버지랑 형이랑 한통속으로 나를 속이고 있었다는 거네?

거기다가 아버지는 그 아기가 처음부터 살아있단 것도,

형이 아기를 묻으러 가는 길에 첩자가 붙을 거란 것도, 전부 다 알고 계셨단 거네?

하하하하. 역시 우리 아버지네. 충신이야, 충신.

혹시라도 아들들이 죽지는 않으실까 걱정도 안 되셨나?

아무튼 거기까지도 다 알겠는데,

왜 형이 죽은 사람 시늉까지 해가면서 아기를 데리고 살게 된 거야?

……

나도 처음엔 이렇게까지 될 줄 몰랐다.

갓난쟁이일 때는 지금 당장이라도 숨이 넘어가도 이상하지 않을 정도로 약해서, 정말 얼마 못 가 죽을 줄 알았거든.

하지만 살더라.

기적처럼 살아서,

나더러 아버지라고 부르며 따르더라.

생각해 보거라. 그렇게 고생고생해서 살아남은 아기를 내가 어찌하겠냐는 말이다.

조선일애뎐

녹두전

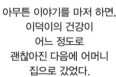

아무튼 이야기를 마저 하면,
이덕이의 건강이
어느 정도로
괜찮아진 다음에 어머니
집으로 갔었다.

어머니 집에 가 있으면
아버지한테든 너한테든 소식이
올 것이 분명했으니까.

혹시 몰라서 어머니나
다른 사람들에게는 갓난아기가
버려져 있는 걸 아버지께서
안타까운 마음에 주워와
나에게 맡기셨다고 했어.

많은 부분이
생략되기는 했지만,
진짜 사실이
그러니까….

물론,

어머니와 부인은

혹시나 어머니께서
다른 곳으로 피란이라도
가셨다면 어쩌나 했는데,
다행히 집을 지키고 계시더라고.

내가 혼외자식을
데리고 온 거라고
생각하셨던 것 같지만.

그렇게 한 이 년 정도 지내니, 아버지에게 서찰이 오더군.

아버지께서는 이덕이가 이 나라에서 살아있으면 안 되는 사람이니

이덕이를 죽여 없애거나 아니면 깊은 곳에 숨겨 이 세상에 없는 사람처럼 살게 하라 하셨다.

죽이는 것도, 숨기는 것도 모두 다 나의 선택에 맡기신다 하셨다.

다만, 그에 따른 책임은 내가 목숨 걸고 져야 한다고 하셨다.

결정은 어렵지 않았다.

나는 어머니를 제외한
우리 가족 모두 죽은 걸로
하기로 했다.

난 전쟁 중에 호랑이에게
물려 피란 무리에서 떨어져 나와
간신히 고향 집에 와서 목숨은
건졌지만,

결국 전염병에 걸려
가족들과 다 같이
죽은 걸로 하기로
어머니와 입을 맞췄다.

전쟁 중에
혼자 집에 남아있을
어머니가 걱정
되었지만,

어머니는
무슨 일인지
묻지 않으셨다.

오히려
'괜찮다, 괜찮다' 하시며
우리를 달래셨다.

피란길 조심하라며
온갖 귀금속들을 챙겨주시면서
말이다.

아무튼 대단해. 진짜.

우리 부모님이라서가 아니라 두 분 다 진짜 대단하셔.

하긴 내가 형이 죽었다는 말을 듣고 거의 미친놈처럼 맛이 가 있을 때도 아무 말도 해주지 않으셨어.

아들이 그렇게 한 맺혀 우는데…

나라면 마음이 약해져서라도 사실대로 말해줬을 거야.

그러게 말이다.

보통 독하고 대단하신 분들이 아니야.

실은 그게 말이지.

특히나 네 말대로 어머니는…

왜? 뭐 더 있어??

아버지는 어머니에 비하면 약과지.

내가 집을 나온 후에,
어머니께서 온 동네방네
돌아다니면서 아들네 일가족이
전염병에 죽어버렸다고,
소리 지르면서 울고 다니셨대.
사람들한테 소문내려고.

그것도 성에 안 차셨는지,
장례를 치르고
가족묘도 만드셨어.

아,
그러고 보니
그 묘들!!

그럼
그 묘안에는
누가 들어가
있는 거야?

들어가 있기는
누가 들어가
있겠냐.

설마
진짜 설마지만,
전쟁 중에 죽은 사람
주워 오셔서 묻으신 건
아니겠지?

그냥 흙무덤
쌓으신 거야.
이 멍청아.

그나마
다행이네.

103

아니, 시체도 없는 흙무덤이면 사람을 써서 묻은 게 아니라는 거잖아…?

잠깐.

그럼 그 무덤을 혼자서 다 만드셨다는 거야?

그렇지.

그것도 낮에 무덤 쌓는 걸 보면 사람들이 이상하게 볼 테니까, 며칠 동안 혼자 밤에 몰래 가서 만드셨다고 하더라.

그것뿐만이 아니야.

뭐가 또 있어?

그 전쟁 중에 우리 가족이 머무는 곳에 찾아오셔서 살림살이도 꾸준히 도와주셨다.

뭐?! 보통 그 반대 아냐?

그러게 말이다.

거기다가 그나마 그렇게 찾아오시는 것도 남들 눈에 띄게 될까 걱정되셨는지,

내 불알 동무, 윤저 살아있었구나!

아버지와 연락하셔서 시발이를 어머니 대신에 보내기 시작하셨어.

그 말은, 시발이 형님 역시 이 모든 사실을 다 알고 계신다는 거야?

우리에게 흔적이 남는 서찰 대신으로 있어주는 자이니, 전부 다 알고 있을 수밖에 없지.

하긴… 나를 여기로 데리고 온 것도 시발이 형님이셨으니까.

하아….

그리고 형을 만나고 얼마 지나지 않아

아버지께서 병으로 어머니와 내가 살고 있는 예향으로 돌아오셨다.

나는 병들고 늙은 아버지를 모신다는 핑계로 혼이에게 돌아가지 않았다.

나는 나를 믿을 수가 없었다.

혼이를 보면 네 아들이 살아있다고 말할 것 같았다.

윤목아, 넌 이덕이를 본 적이 있다 했지.

네, 아버지.

올해 여덟 살이 되었다고 하던데, 얼굴이 궁금하구나.

사람은 가까운
사람의 얼굴을 닮아가는
법인데…

아버지는
시발이 형님의 도움으로
이덕이의 소식을
계속 듣고 계셨다.

과연 키워 준
아비를 닮았을지,
낳아준 아비를
닮았을지.

얼굴 한 번 보면
내 원이 없겠구나.

그래서인지 이덕이의
얼굴을 많이 궁금해
하셨다.

하는 수 없이 죽기 전에 한 번만
이덕이의 얼굴을 보자 하시기에
아버지를 모시고 형님 댁에 갔다.

그리고 그 한 번을
시작으로,

아버지는
틈틈이 아이들을
보러 가셨고,

결국,
예향 본가에도 종종
아이들을 데리고 오기
시작하셨다.

이덕이는 커갈수록
제 아비인 혼이와
많이 닮아갔다.

그런 이덕이를
볼 때마다

혼이와 이덕이가
다시 만났으면 하는
욕심이 커졌다.

그래서 형의 반대에도
이덕이를 가르쳤다.

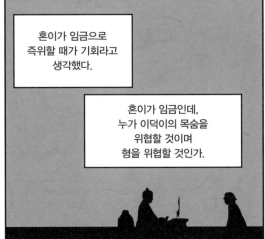

혼이가 임금으로
즉위할 때가 기회라고
생각했다.

혼이가 임금인데,
누가 이덕이의 목숨을
위협할 것이며
형을 위협할 것인가.

어느 부모가 죽은 자식이 살아있다고 하면 화를 낼 것이며
그 아이를 키워준 자에서 칼을 들이댈 것이냔 말이다.

그리고
아버지 역시 나와
같은 생각이셨다.

후에 이덕이가 혼이에게
찾아갈 때 이덕이가 혼이의
아이였음을 증명할 수 있는
기록을 책으로 만드셨다.

전쟁 중에 피란 기록을 적은 책이었는데,
혹시나 다른 이들이 볼 것을 대비해 이덕이가
태어났었다는 기록만 남기셨다.

혼이가 임금이 되면
이 책과 함께 이덕이를 데리고 찾아가라고
말씀해주셨다.

누구보다 혼이와
이덕이가 만나는 모습을
보고 싶어 하셨다.

하지만 아버지는 혼이가
임금으로 즉위하기 전에
돌아가셨다.

조선일애뎐

늑 득 젼

혼이에게
이덕이 놈의 존재를
알려서
어찌하려고!

이덕이 놈을
장차 왕세자로 키우고
싶은 욕심이라도
있는 게냐!?

내 아들 건드리지 마라.
헛바람 불어넣지 말란
말이다.

그래서가
아니라고!

자식이 아비를 만나고
아비가 자식을 만나는
것이 뭐가 그리 복잡해!
형은!

눈과 귀만 막는다고
있는 사실이 없는 것이
되는 거 아니야.
그걸 알아야지.

크흠!

일단 앉자, 윤목아.
어머님 들으시나
보다.

응.

아무튼,
생각해 보거라.
윤목아.

죽은 줄 알았던 왕세자의
아들이 이제 와서
살아있었다고 나타나면,
그 뒤에 일어날 일들은….

그 뒷감당은
어찌 감당할 거란
말이냐.

형이야말로

이대로 가만히 있으면
더 오해를 사 위험해질 수
있을 거란 생각은 못 해?

하아….

역시
너한테는 알리는
것이 아니었어.

그래서 어머니를
말렸던 건데.

도무지
나 혼자서는,

그게
무슨 소리야.

앞뒤 꽉 막힌 형을
설득하는 것이
불가능했다.

…난 네게 내가
살아있단 사실을
알리는 것을
반대했었다.

너의 독하지 못한
성격이 분명 이런 일을
만들 거라
예상했었거든.

어머니,
울지 마세요.

어머니
잘못하신 거 하나도
없어요.

형이랑 안 싸우고
큰 문제 안 나게
제가 다 알아서
잘할 테니까,
걱정하지 마세요.

그래서 난 그 선택권을 형도 나도 아닌 이덕이 본인에게 주기로 했다.

형이 아버지의
*시묘살이를 위해
올라와 있는 동안
이덕이의 집에 *책괘를
보냈다.

이덕이가 가져간 책들을
비싸게 팔도록 해서 아이들이
서책들을 팔아 생활하도록
유도했다.

무조건 아이들이 부르는
가격의 10배 되는 가격으로
사와 주십시오.

수고비는 넉넉히
챙겨드리겠습니다.

*시묘살이 : 부모님이 돌아가시면 자식이 탈상을 할 때까지 3년 동안 묘소 근처에 움집을 짓고
산소를 돌보고 공양을 드리는 일
*책괘 : 조선 시대 서적상

116

분명
그리 편히 살다보면
간땡이가 커져

집에 있는 모든 책을 팔고도
생활비가 떨어지면, 우리 집에 와
새로이 팔 책을 가져갈
것이라고 생각했다.

그리고 예상대로 이덕이와
이체 녀석은 우리 집에 책을
훔치러 왔다.

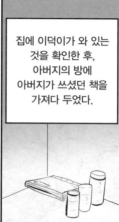

집에 이덕이가 와 있는
것을 확인한 후,
아버지의 방에
아버지가 쓰셨던 책을
가져다 두었다.

그리고는 아버지 방으로 가는
길목에 아무것도 걸리는 게
없도록 지시했다.

자기 할아버지를 유난히 따르던 녀석이라
기회만 된다면 분명 방에
가볼 것이라고 생각했다.

그리고 그곳에
아무도 없다면,
분명 할아버지의
유품으로 보이는 책을
호기심에라도
가져갈 것이라고
생각했다.

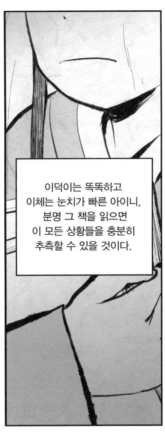

이덕이는 똑똑하고
이제는 눈치가 빠른 아이니,
분명 그 책을 읽으면
이 모든 상황들을 충분히
추측할 수 있을 것이다.

그러고 나서
지 아비는 두려우니,
내게 찾아올 것이다.

그럼 그때
이덕이 스스로 자신의
삶을 선택할 수 있게
해주면 된다.

…라고 생각하고 기다렸는데,

책을 가지고 가서
한참이 지난 후에도
이덕이는 나를 찾아오지 않았다.

그래서 답답한
마음을 참지 못하고
내가 찾아갔다.

일단 이덕이를 그 집에서
데리고 나오는 게 먼저일 듯하여
너와 혼인할 여인을 찾았으니
장가갈 준비를 하러 한양에 가자 했다.

혼이를 만날지 말지
선택하게 하는 것은
그 후의 일이라고 생각했다.

형님이 시묘살이로
올라와 계시는 동안이
기회라고 생각했다.

형이 돌아오면
모든 기회를 잃는다고
생각하니 마음이
급해졌다.

하지만,

이 계획 역시

형이 읽어버렸다.

이덕이 놈의 혼담?

네가 헛수고를 했구나.

네, 형님?

이덕이 놈에게는 이미 정혼자가 있단다, 아우야.

그러니 넌 이덕이의 혼인을 약조한 분들께 정중히 사과를 올리고 식 날에나 다시 오거라.

형님은 이덕이에게 이미 정해진 정혼자가 있다며 나를 내쫓았다.

뻔히 보이는 거짓말.

훤히 보이는 생각.

누가 이기나 한번 해보자는 겁니까? 형님.

이런 식으로 나오신다면 저도 가만히 당하고만 있지는 않을 겁니다.

시발이 형님, 형님께서 무슨 짓을 저지르셨는지는 아시지요.

난 그저 너희 형제 싸움에 애꿎은 아이들만 고생하는 듯해서,

천천히 생각할 시간을 준 것일 뿐이다.

그리고 윤목이 너야말로, 가뜩이나 겁먹어서 도망친 애들한테 사람은 왜 붙인 게냐?

그럼, 그것들을 그냥 둡니까?

그러니 애들이 지레 더 겁먹어서 멀리 도망친 거 아니냔 말이다.

형님께서도 제 생각이 틀린 거라 생각하시는 겁니까?

맞고 틀리고의
문제가 아니다,
윤목아.

생각해
보거라.

그 아이가 궁으로
돌아갔을 때 생기는 일들을
감당하는 것은
너도 윤저도 아니야.

이덕이
본인이지.

하지만
형님.

네가
계산했던 대로
그 아이는 똑똑해.

그 책 하나로 자신이
왕의 아들일지도 모른다는
생각까지 하게 된 것
같더구나.

…그렇습니까.

윤목아,
나도 너를
도우마.

넌 내게 이덕이 스스로
모든 것을 선택을 할 수 있도록
도와달라 했었다.

네 형님은 그 선택지
마저도 못 보게 할 터이니,
스스로 선택을 할 수 있도록
문을 열어주자는 의견에
나도 찬성이다.

다만
네가 먼저 답을 정해놓고
나를 이용하는 것
같다면,

바로 나도 널
쳐낼 것이다.

형님,
오셨습니까?

그래.

마침 형님 생각을
하고 있던
중이었는데,

형님께서도
양반은 되지
못하실 것
같습니다.

허허,
속으로 내 욕을
꽤나 하고 있었나
보구나.

당연한 것
아닙니까?

이덕이만 빼놓고
이은이와 이체
모두 데리고
오셨다면서요.

그랬다.

......

무슨 생각이신
겁니까,

이덕이를 왜 빼돌리신 겁니까!!!!!

이시발

형님은 이덕이에게 시간을 준다고 하셨지, 도망 보내신 것은 아니라고 하시지 않으셨습니까?!

그게 그 아이의 대답이었다, 윤목아.

네?

그 아이는 왕의 아들이 아니라 네 형의 아들 정이덕으로 살다 죽고 싶다고 하더구나.

그저 연모하는 여인과 함께 조용히 살다 가고 싶다고 하더란 말이다.

…그게 정말입니까? 시발이 형님이 윤저 형님과 한패이신 것은 아니고요?

아니다, 윤목아.

이미 제 또래의
여인 하나와 눈 맞아서
아이까지 가졌다고
하더구나.

왕의 아들이니 뭐니,
자기는 다 필요 없으니
그냥 살게 해달라고
했단 말이다.

덕이는
진심이야.

어차피 자기는
태어나자마자
죽은 사람이었다고.

이제 와서,
산 사람으로 살고 싶지
않다 했단 말이다.

저기,
두 분?

끼익

도저히 내가
듣다 듣다
이해가 안 돼서
그러는데.

두둥

두둥

왕의 아들은
무엇이며,

두 분께서는
윤저 형님이 마치
살아계신 것처럼
말씀하십니다…?

윤목이 형님께
드리려 했던 것을
깜빡하고 못 드린 탓에
잠시 다시 들린 것
뿐이었는데….
시발이 자네는 언제
온 건가?

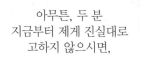

아무튼, 두 분
지금부터 제게 진실대로
고하지 않으시면,

이혼

죽습니다.

쏴아아

움찔

깼어?

더 자.
아침이 되려면
아직 멀었어.

만에 하나 이 사실을
제가 아니라 다른 이에게
들키셨으면 어찌하실
뻔했습니까?

두 분
정말 운이
좋으십니다.

자,
그럼 윤저 형님께
찾아가 볼까요?

아니면,
제 아드님께
먼저 찾아가 볼까요?

표정들이
왜들 그러십니까?
농입니다.

마음 같아서는
지금 당장이라도
찾아가고 싶지만,

제게도 조금은
생각할 시간이
필요해서
말입니다.

오늘 당장
궁으로 안 들어가면
안 되기도
하고요.

제가
다 정리가 되면

음짤

그때 운목 형님께
서찰을 보내도록
하겠습니다.

그러니
그 이전까지
형님께서도

그리고
어사께서도

아무것도
하지 마세요.

새벽에
한참 천둥 치고
비가 오더니,

아침 되니
해가 떴네.

두근

잘 잤어?

......

동주...
너 지금 놀랐지?

네....

저기 그런데,

어찌하여
하얀 저고리를
입으시는 겁니까?

핵

그거야,
아직은 바지보단
치마가 편하니까?

……

쨱
쨱

어서 드시지요,
따님.

어제는 뭐,
사내가 되니 뭐니
하시더니.

왜 또
과부 행세
이십니까?

우리 부인님 어젯밤 서방님의 사내다움에 반했었는데,

다시 이런 행색으로 있으니 아쉬우신가 봅니다?

그런 거 아니거든요!

정말이지, 어찌 낯부끄러운 말을 이리도 잘 뱉으시는 겁니까?

뭐가?

그제까지만 해도 나한테 '서방님~' 하면서 부른 건 동주 넌데?

그땐 그거야… 그럴 만한 사정이 있지 않았습니까….

뭐 아무튼,

아쉽더라도 조금만 참아.

이런 모습도 앞으로 얼마 안 남았으니까.

서찰이요!

과부 녹씨 맞으십니까?

맞습니다.

예천 고 과부님께서 서찰을 보내셨습니다.

감사합니다.

힐끗

다른 용건도 있으십니까?

아니요, 없습니다.

137

무슨 일입니까? 어머니.

아, 서찰이 온 게 있어서.

무슨 서찰이요?

아, 그게.

별거 아냐.

별거 아닌 게 뭔데요?

아, 그게

그러니까,

나 변소!

그걸 그렇게 큰소리로 말씀하시면 어떡합니까?

급 똥이야.

저기, 저 과부님께서 아씨의 어머님 되십니까?

네, 왜요?

아니, 그게 너무 고우셔서요.

폽! 감사합니다.

조선일대던

녹두전

끼익

어이,

따님.

내가 아무리
좋아도 그렇지
큰일 보는 데까지 따라와서
기다리는 것은 좀 그렇지
않습니까?

하지만,

잠시도
떨어져 있기
싫은걸요!

반짝

반짝

응, 그래.
화장실 혼자 간
내가 잘못했네.
잘못했어.

꼬옥

동주는
그날(?) 이후로
어미를 처음 만난
아기 새처럼
나를 졸졸 따라다니기
시작했다.

물론,

동주야,
가자.

네?
어디를요?

어디긴
방이지!

고삐가 풀린 건
나 역시 마찬가지였다.

어머니.

둘이 있을 때는
이덕이라고
부르기로 했잖아.

입에
안 붙는단
말입니다.

어사님 오셨을 땐
서방님, 서방님
잘도 하더니만.

그때 일로 놀리지 않기로 했지 않습니까?

노올리 거 아니데.
*해석 : 놀린 거 아닌데.

아무튼, 아침에 왔던 서찰 뭐였어요? 저도 보여주세요.

똥 닦고 버렸는데?

네?

그냥 형이 좀 더 이대로 지내고 있으라고 돈이랑 같이 보낸 거였어.

진짜야.

……

……

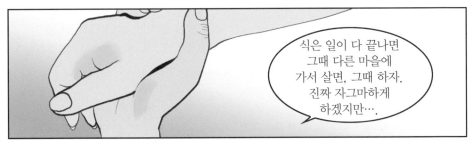

식은 일이 다 끝나면
그때 다른 마을에
가서 살면, 그때 하자.
진짜 자그마하게
하겠지만….

그래도 일단,
우리 혼인
했으니까.

적어도 동주를
키워주신 행수님께
인사드리러
가고 싶어.

곱게,
세상에서 제일
곱게 하고 가자.

조선 일애뎐

녹두전

그냥 가지 말까?

어디 끌려가세요? 왜 이리 굼벵이 걸음이야.

기방 가기 싫어?

우리 따님.

네!!

아니, 왜?

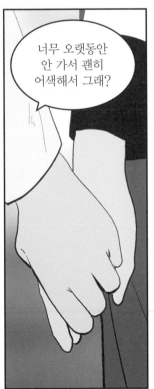

너무 오랫동안 안 가서 괜히 어색해서 그래?

아니면 행수님께 나랑 혼인했다고 말하기 부끄러워서 그래?

그런 거 아니에요.

그냥 좀…

자신이 없어서 그래요.

자신이 없기는!
동주, 너 오늘
많이 고와.

정말이야.

그러니까
어깨 펴고,

웃자.

응?

버럭

동주잖아?!!

동주?

그렇네.

뭐?!

동주가 왔다고?

이 나쁜 계집애야!!!!!

아무리 출가외인이 되었다 해도 어찌 얼굴 한 번을 안 비춰. 보고 싶었단 말이야.

미안.

와~ 동주! 머리도 기르고 많이 고와졌네. 얼굴도 폈어.

열무야! 오이야!

꼬옥

무슨 일이십니까?

앞으로 화수 널 보고 싶으면 이곳으로 직접 오라며.

오셨습니까.

……

흥! 임자 있는 사내에게는 관심 없습니다.

왜요? 화수 양 눈에는 아직도 제가 사내로 보이시나 봅니다.

소곤

소곤

당연하죠.

뭐?

농입니다.

그… 그렇지?

아무튼 따라오시지요. 행수님께서 기다리고 계십니다.

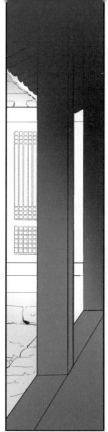

오늘 아침에
서찰을 받았습니다.

두 사람이
갑자기 사라져서
걱정하던 차에
저도 오늘에서야
서찰을 받고
알게 되었습니다.

사리가 댁의 몸종
황태와 혼인하고
예천에 터를 잡았다고요.

뭐?

이모님이랑 황태 씨가
…언제부터 그렇고
그런 사이였던 거야?

졸지에 과부께서도
일을 도와주던
두 사람이 없어지는
바람에 고생이
많으시겠습니다.

?

아! 아닙니다.
되려 딸과 단둘이
오붓하게 지내게 돼서
좋습니다.

전부터
느낀 거지만,

두 사람의 사이가
너무 좋아 모녀
사이가 아니라
친한 동무…

아니, 그보다
금슬 좋은 부부 사이
같습니다.

?!

호호.
그랬습니까?

하기야
어미가 딸에게 품는 모정이나
사내가 연모하는 여인에게
품는 애정이나,
사랑한다는 마음인 것은
똑같은 것 아니겠습니까?

더욱이나 동주와 저는
피가 아닌 인연으로 맺은
모녀 관계이니,
모정이 남녀 간의 애정처럼
보일 수도 있을 것
같습니다.

하! 과부께서는
일찍이 과부가 되셔서
그러신지 사내를
너무 모르십니다.

사내가 품는 연심과
어미가 품는 모정이
같다니요.

그 두 가지는
원초적으로
다릅니다.

후우후우

후우후우

적어도,
어미와 딸은…

첫날밤을 보내거나
정분을 나누지는
않지 않습니까?
호호호.

아하!

호호호.
듣고 보니
그렇습니다.

제 말
맞지요?

아, 뭐야.

행수님께서
다 알고 계신 줄
알고,

괜히 쫄았네.

동주야.

시끌
시끌

혹여나 새어머니가
막 새어머니 티 팍팍
내면서 구박하거나
일만 시키거나 그러시지는
않으셨어?

우리는 네가 하도
안 오길래 딸이 아니라
몸종으로 팔려간 줄
알았어.

아니,
그… 오해를
많이 한 것 같아.

그래?
다행이다.

너희가
뭘 모르는구나.

드륵

언니도
오셨소?

동주 얼굴을
봐봐.

어딜 봐서
고생한 얼굴이야.

듣고 보니
그렇네?

자세히 보니까
머릿결도 고와지고
피부도 고와지고.

끌쩍

어머니
하나 잘 만났다고
얼굴까지
고와지나?

척

아니,
내가 봤을 때는
그것 때문만은
아닌 것 같아.

응.
내 생각도
마찬가지야.

계집이
유별나게 갑자기
고와졌다면,

이유는
딱 하나지.

사내네,
사내야.

아니야!!
그런 것 없어!
아무것도!!

버럭

뭐가 아니긴
아니야.
맞고만, 그치 그치.

동주 좀
그만 괴롭혀라,
지지배들아.

기방에서 같이 살 때는
살가운 말 한마디 제대로
안 건네던 것들이
이제 와서 속 보이게
사근사근하고 지랄들이야.

그러게
말이다.

어머나~
좋은 시간
다 끝났네.

함께할 때는
동주의 소중함을
몰랐던 것뿐이야.

열무야!
오이야!

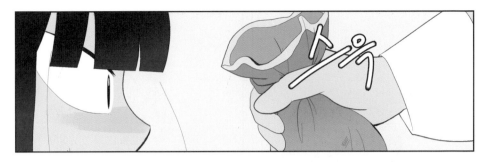

애들이 짓궂게 굴어서 힘들었지? 이거 챙겨 오느라고 늦었어.

이게 뭔데?

*사향이야.

예전부터 다른 데에는 욕심을 안 내는데, *향낭에는 욕심을 부렸던 게 생각나서 챙겨놨었지.

역시 동주 챙기는 건 열무밖에 없네.

*사향 : 사향노루의 사향샘을 건조하여 얻는 향료로 향기가 매우 강하며 한약재 또는 고가의 향수로 쓰임
*향낭 : 향 주머니(향을 몸에 넣어 차는 주머니)

그런데 말이야. 동주한테 남자가 있을지도 모를 거란 생각은 나도 했었단 말이지.

157

동주! 너,

연모하는 사람
생겼지?

······.

응.

뭐라고?
못 들었어.

응이라고?

···누군데?

그게···.

우리
마을 사람은
아니고,

…나한테…
세상에서 제일 곱다고
해주신 사내야.

그러고 보니
사리가 과부댁한테
저희 마을에 대한
전설을 이야기해 줬으면
좋겠다는 전언도 서찰에
적어 보냈습니다.

네?
전설이요?

두근

…뭐?

마을 밖의
외지인들은
들을 수 없는

그런
이야기를 이모님께서
저한테 왜….

이제 과부님도
저희 마을 사람으로
인정해달라는 뜻인
것이겠지요.

저희 마을 여인들끼리만
입에서 입으로 전해온
이야기입니다.

사리 이모님이
어째서…

그러니까
말입니다.

이 이야기를
해주라고 한 거지?

옛날 옛적에,

어느 무식한 몸종 놈이
이웃 양반집 둘째 딸을 보쌈해서
이 마을로 왔다고 합니다.

그 둘의 나이가
그 당시 열하고 셋.

앞뒤 생각 안 하고
오로지 자기 마음에만
충실할 수 있는
나이였지요.

실은 보쌈 당한 그 계집도
몸종 놈을 연모하고 있던지라
말이 보쌈이지 둘이서 같이
도망 나온 것이나 다름없었다고
합니다.

하지만,

양갓집 규수로
밥 한 번, 빨래 한 번,
제대로 해본 적 없었던
계집은

반년도 되지 않아서
스스로 모든 것을 해야 하는
가난한 삶에 지쳐버립니다.

집에 돌아가고 싶었지만,
한 남자의 안사람이 되어버린
자신이 예전처럼 가벼운 발걸음으로
본가의 문지방을 다시 넘을 수
있을 리가 없었습니다.

가지고 나온
귀금속들로 서방님을
공부시켜 과거 시험에
합격시키면,

팔자도 펴고
부모님께 떳떳하게
인사드리러 갈 수 있을 것
같았습니다.

그제야
답답했던 속이
뻥 뚫렸습니다.

계집은 그날로 바로
단 한 번도 공부해 본 적 없는
서방님을 데리고
서당에 찾아갔습니다.

훈장님께는
원래 자기가 가지고 있던
성과 가문을 이야기하며
서방을 서방이 아닌 동생이라
소개했습니다.

노비들은 과거 시험을
볼 자격이 없으니,
이렇게 할 수밖에 없다
라고 생각했습니다.

공부를 마친
계집의 서방은,
계집의 동생의 이름으로
과거 시험을 보러
한양으로 떠났습니다.

계집은
과거 급제를 하고
*금의환향하는
서방님의 모습을 그리며
하루하루 행복하게
산 위를 올랐습니다.

*금의환향(錦衣還鄉) : 비단옷을 입고 고향에 돌아온다는 뜻으로,
출세를 하여 고향에 돌아가거나 돌아옴을 비유적으로 이르는 말

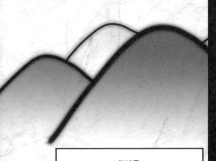

계집은,
단 하루도 빠짐없이
마을로 들어오는 길이
제일 잘 보이는 곳에
올라가 서방을
기다렸습니다.

계집은 어렸고,

어리석었습니다.

며칠의 시간이 지난 후
계집을 찾아온 건
서방님이 아닌 본가에서
계집을 모시던
몸종이었습니다.

계집의 몸종이었던
여인은 계집에게
계집의 남편이
계집의 아비 손에
죽었다는 소식을
전해주었습니다.

과거 시험에
계속 떨어져
올해도 시험을
또 보러간
계집의 오라비가

동생을 보쌈해서
도망간 괘씸한
몸종 놈의 얼굴을

알아보고는
계집 아비에게
이 사실을 일러
바친 것이었습니다.

귀하게 키운 딸을
어디서 배워먹지도 못한
이웃집 몸종 놈이
훔쳐갔다고 생각한
계집의 아비는

몸종 놈을 집으로
불러들여
달콤한 말로 유인해

딸이 어디에 있는지
아이가 있는지 없는지
알아낸 후,

계집의 마음은
하나도
생각하지 않고

자신의 사위가
된 사내를,

계집의 서방이
된 사내를,

앞뒤
생각지 않고

사람들을 시켜
때려죽여 버린 것이지요.

계집의 아비는
아비 말을 전하러
간 몸종에게

혹여나 둘 사이에
아이가 있었을 수도
있다며,

아이가 있다면
아이도 계집도
죽이라 했고

아이가 없다면
다시 좋은 양반가에
시집보낼 수 있을 터이니
딸을 다시 본가로
데리고 오라고 했습니다.

하지만,
이 모든 사실을 전해 들은
계집은 몸종만 본가로
돌려보냈습니다.

홀로 돌아온
몸종을 본
계집의 아비는
분노하였습니다.

그리고
딸을 만나 직접
설득하겠다며 딸에게
찾아갔습니다.

고와라,
고와라 하며
키운 자신이 찾아가면
딸이 다시 마음을
돌릴 거라 생각했기
때문이었습니다.

허망하게 간
딸의 시신이라도 찾아 돌아가
제를 올려야겠다며
딸의 시신을 사람을 시켜
찾게 했습니다.

딸의 죽음을
눈앞에서 보고만
아비는

하지만 딸의 시신은
어디에도 없었고
그 후로 매일같이
서방을 기다리던 그 자리에
없었던 바위 하나가
서 있었다고 합니다.

사람들은 그 바위가
죽어서라도 계집의 영혼이
서방을 기다리기 위해
바위로 변한 것이라고
생각했습니다.

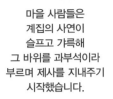

마을 사람들은
계집의 사연이
슬프고 갸륵해
그 바위를 과부석이라
부르며 제사를 지내주기
시작했습니다.

그 뒤로 이 마을에
들어온 과부들 모두가
별 탈 없이 잘 산 덕에,
과부석이 과부들을 지켜준다는
소문이 돌기 시작했습니다.

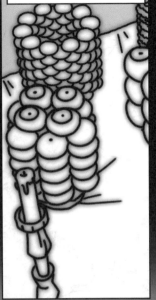

그리고
그 소문을 듣고
이 마을에 들어와 사는
과부들이 많아져서
과부촌이 된 것이지요.

조선왕비애련

녹두전

행수님,
대체 무슨
생각이신 겝니까.

너도 같이
들었지 않았느냐.
사리가 부탁한
게다.

이모님이요?

저 여인 때문에
조만간 우리 마을에
큰일이 닥칠 수
있을 듯하니,

큰일이 오기 전에
과부석 이야기를
해주고…

큰일이 오면
저 여자를
과부석으로
올리라고 하더구나.

동주와

그 과부에게는
미안한 일이지만,

내 선 안에서
이 마을을
지키는 것이
내 일이다.

그리고
내가 죽게 되면,
네가 물려받아야
할 일이기도 하고.

…….

사리 이모님께서
뭐라 서찰을
보내셨는지 저도
보아야겠습니다.

안 보여주시면,
지금 당장
과부한테 찾아가
동주 손잡고 도망가라고
할 겁니다.

과부석에
대한 것을
다 말해버릴
거라고요!

그렇게
하거라.

네?

내가 어린애도 아닌
네 손발을 계속
묶어놓을 수도 없는
노릇이고.

네 뚫린 입을 내가
어찌 막을 방도도
없는 것인데,
어찌하겠느냐?

네?

…진심 이십니까?

정말 말해요?

깜짝

네년 맘대로 하라니까?

네?

정말… 제 마음대로 할 겁니다?

그렇게 하래도?

그럼 지금 갑니다.

그래라.

다만,

내가 그러하듯 너 역시 네가 벌인 일의 뒷감당은 네가 해야 한다, 화수야.

…동주야,
도망쳐.

갑자기
무슨 말이야.

아니, 그보다
이 시간에
무슨 일이야.

내일이 되면
늦을 것
같아서.

아니,
내 마음이 변할 것
같아서 온 거야.

뭐?

나 지금 엄청
큰맘 먹고
온 거니까 잘 들어.

네 어머니가 혹여나
과부석에
오르려고 하면
어떻게 해서든 막아.

애가 갑자기
왜 이러는지
모르겠네.

꽈악

우리 어머니가
과부석에
왜 올라.

하지만 막아.
사람 일은
어떻게 될지
모르는 거니까.

……

나도 몰라.

무슨 말을
들은 거야?

정확한 건
아니지만,

행수님께서
우리가 모르는
뭔가를 아시게
된 거 같아.

뭐?

…설마 어머님이
남자인 거
걸린 거야?

그건
아니야.

정확히는
사리 이모님께서 행수님한테
무슨 서찰을 보내셨는데,
그 서찰을 받고 나서부터
행동이 수상해.

…이모님 서찰이라면, 어머니도 오늘 아침에 받으셨어.

정말? 무슨 내용이었어?

그게…

나도 모르겠어. 어머니가 안 보여주시더라고.

두 사람 다 사리 이모한테 서찰을 받았다는 건 분명 뭔가 있다는 건데….

에휴, 모르겠다.

힐끗

저기, 화수야.

잠깐, 귀 좀.

어?

왜?

소곤

소곤

뭐어어어어어어???!!
혼인?!?!

뭘 그렇게 놀래.
화수 너도 나한테
혼인하라고
했잖아.

아니,
그렇기는
했지만….

너무 급한 건
아닌가
해서 그렇지.

그럼
혼인식도
하는 거야?

아니!
식 같은 건 아예
못 할 것 같긴 한데.

하긴,
그렇겠지.

그래도…
모녀 사이가 아니라
부부로 살기로
한 거니까.

화수 너한테는
말해야 할 것
같아서….

그럼, 약속한 일 년 다 지내고 다른 마을에 가서 살게 되면,

그때는 그 사람도 다시 남자로 사는 거야?

그게… 모르겠어.

그런데 이대로 계속 여장하고 산다고 해도

다 사정이 있어서 그런 거니까… 괜찮아.

하지만, 아무리 그래도.

……

아니다, 네가 좋으면 됐어.

말해줘서 고마워.

그리고 어차피 혼인까지 했으면 내일이라도 당장 빨리 떠나버려! 이렇게까지 된 거 약속이 뭐가 중요해!

그래도 그건 아닌 것 같아….

두 분 뭘 그렇게 재미나게 이야기하고 계신 겝니까~.

아, 어머니!

힐끗

실은 그게

저희가 혼인했단 이야기를 화수한테는 해야 할 것 같아서…

차인 사람

했어요.

찬 사람

아…

그래.

울컥

왝

혼인 축하드려요.

울먹

울먹

…화수야?

나 갈 거야.

그리고 녹두 씨.

네?

네.

동주 어머니로 계실 때보다 동주 서방으로 계실 때 더 잘해주셔야 해요.

구오오

구오오

애 울리기만 해봐요. 내가 사내구실 못 하게 발로 차버리든 가위로 자르든 해서 확 고자로 만들어버릴 테니까.

조선일대편

녹두전

그렇게 주의하라고
일렀었는데!

너무
나쁘게만
생각하지
마세요.

다른 사람도 아니고
혼이에게
이덕이 이야기를
했단 말이냐!!

뻑

제 자식을 진짜
죽이려는 부모가
어디 있습니까.

더욱이나
죽은 줄 알고 있던
자식이 살아있단 걸
알게 된 건데.

그 입
닥쳐라.

잘된 겁니다.
혼이도
기뻐했다고요.

어찌 네놈은
혼이 놈을
그리 모르는 게냐.

아직까지도
혼이라며 이름을
불러 감각이 없는 게냐….

제가 뭘 모른단 겁니까?!
형님보다 제가 혼이를
더 오래 보았습니다.

그러게 말이다….

…?!

혼이가 궁으로
돌아간 게
언제더냐?

스윽

보름 지났습니다.

이덕이가
어디 있는지
알려주었느냐.

아니,
아직 그건….

그거 하나
잘했구나.

빨리 이덕이가
있는 곳으로
가자꾸나.

이제 이곳에서
살기는 글렀어.

윤목

형님!!

…윤목아,

실은
그날 말이다.

그날
혼이와 널 두고
나설 때까지 이덕이가
죽은 줄 알았던 것도

이덕이를 묻으러
가는 도중에
이덕이가 죽은 게 아니라
살아있단 사실을 알고
내려갔던 것도,

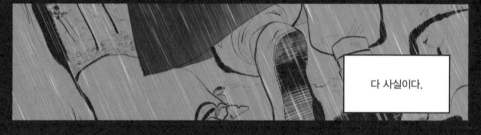

다 사실이다.

내려가던 도중에
나를 죽이러
올라왔던 그 남자의
정체만…

단 하나.

너에게 숨겼다.

긴말할 시간 없다. 아기를 넘겨, 윤저야.
하지만 그 아기는 아니야.
넌 보나 마나 마음이 약해서 아기의 명을 못 끊어.
…설마, 너.
네가 입궐했다는 이야기는 들은 적이 없었는데….
임금놈이 보낸 거냐?
명대로라면 너까지 죽여야 하지만, 너는 내 동무다.
윤저 네가 스스로 입만 잘 잠그고 숨어 살면 목숨은 연명할 수 있어.
우연히 만난 거라 생각한 내가 상병신 새끼지.

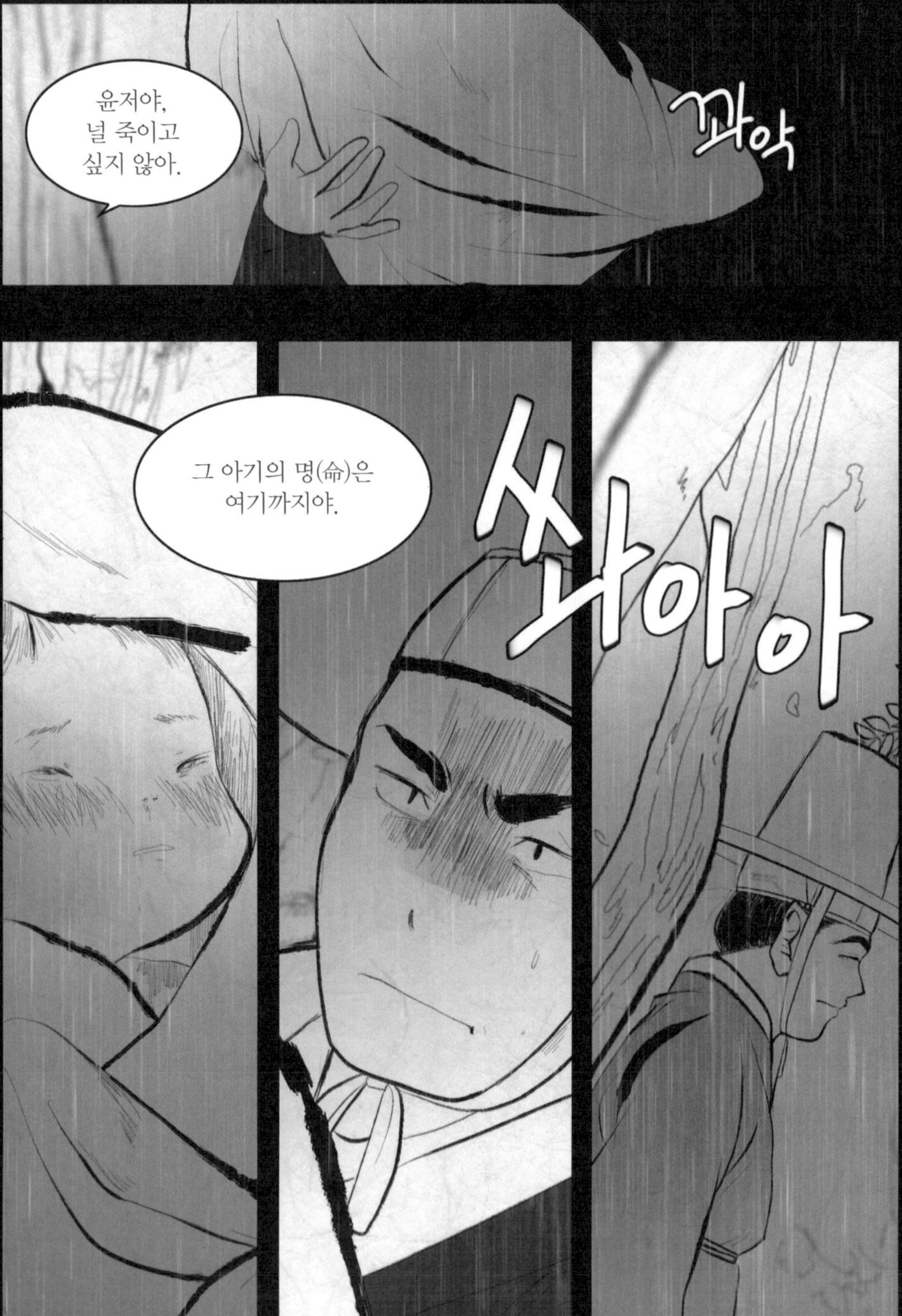
윤저야,
널 죽이고
싫지 않아.
꽈악
그 아기의 명(命)은
여기까지야.
쏴아아

어머니, 이 아저씨가 진짜 아버지 동무셔요?

그래, 맞다. 인사드리거라.

저 새끼가 어떻게 여길… 여기가 어디라고 처왔어.

오, 윤저 왔구나.

?!

내 불알 동무 윤저! 살아있었구나!!!

움찔

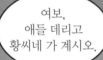

여보, 애들 데리고 황씨네 가 계시오.

내가 데리러 갈 때까지 절대 이 집에는 오지 마시오.

어라라라라.

네?

정윤저, 너 이 자식.

얼마 만에 만나는 동무인데, 내가 아무리 싫어도 그렇지 그리 피하면 쓰나.

그리고 가족들을 왜 내보내는 건데?

얼른 가, 얼른.

그럼, 즐거운 시간 되세요.

아무리 생각해도 그 상황에 살아남은 게 진짜 신기한 거거든.

이렇게 운이 좋은 아이는 나도 처음 봐. 확실히 왕 핏줄이란 게 있나 봐.

아주 명줄이 보통이 아니야.

하지만,

그래도

그래서 앞일도 너만 지금처럼 조용히 죽은 사람처럼 산다고만 하면, 굳이 내가 나서서 죽일 이유는 없다 이거지.

누구보다 내가 네 성격을 잘 아는데, 네놈이 반란을 일으킬 생각을 하겠냐.

임금에게 찾아가 나 이렇게 살아있소 하면서 헛짓거리를 하겠냐.

나도 내 목숨이 걸려 있는 문제니까, 앞으로 계속 감시는 하러 올 거야.

그리고 우리끼리 있어서 하는 말이지만, 요즘엔 백성들부터 사대부들, 조신들 모두

도망친 왕보다는 나라에 남아서 지키고 있는 왕세자를 임금으로 생각하고 있다고.

그리고 나 역시 믿음으로 그분 밑에서 일하고 있다고.

그런 분의 이름을 막 그렇게 부르는 건 내가 용납 못 해.

그래. 그건 네 말이 맞다.

하지만, 혼이는 혼이다.

이 궁에는 나를 차가운 눈으로 보는 이들이나,

나의 모든 말과 행동을 자신의 이익과 연결 짓고 계산하며 다가오는 이들밖에 없어.

어릴 적부터 말 한마디 속 편히 머리로 셈하지 않고 뱉지 않은 적이 없어.

내가 나로 있을 수 있는 유일한 시간은 형들과 있을 때뿐이었어.

그러니까 윤저 형, 윤목이 형. 안 되는 거 아는데,

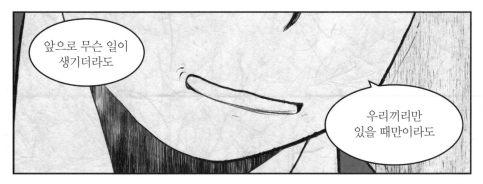

앞으로 무슨 일이 생기더라도

우리끼리만 있을 때만이라도

너희는 내 정체를 몰랐지만,
난 왕세자 곁에 숨어
보호하는 일을 했었기 때문에
너희와 세자의 관계를
계속 지켜봤었다.

세자가 너희 형제를
어떻게 생각했는지, 너희 역시
세자를 어떤 마음으로 지켜봤는지
잘 알고 있었어.

'죽었다' 하지
않았느냐?

내
아이는 죽었다.

그리고 아기는
정윤저라는 이름을
가진 자가 묻으러 간다.

그리고 그자도
아기를 묻으러
가다가 죽는다.

네? 그렇지만 분명
궁녀가 아기님을
잘만 보살펴 드리면
살 수 있을 거라고
하지 않았습니까?

하지만,
본인의 위치가 흔들릴 위기에
봉착하자마자 세자는
너희 형제를, 이제 막 태어난
자신의 아들을 죽이라고 명했다.

세자는, 임금이 되기 위해서라면
피도 눈물도 없는 사람이었다.

시발이는 임금이 무서운 사람이라 했지만,

난 혼이를 이해할 수 있을 것 같았다.

나를 죽이라 한 것,

갓 태어난 지 아들을 죽이라 한 것.

혼이에게 임금이 되기 위한 무게라는 건 그런 것이었을 거라고 생각했다.

그렇게 혼이를 용서했었다.

너도 떠도는 소문들과 아버지를 통해 전해 들어 알고 있었겠지만,

전쟁이 끝나고 윤목이 네가 궁을 나와 있는 동안 혼이는 홀로 힘들었을 게다.

나와 지 아들을 죽였다는 죄책감들도 있었을 테고, 정말 혼자 남았다는 생각도 들었었겠지.

1598년

세자가
많이 힘들어.

분명 전쟁에
공을 세운 것은
세자와 의로운
자들인데,

그들은
현 임금에게
인정받지 못한 채로
내쫓기고 나라를
망하게 한 장본인들만
다시 궁에 남아버렸어.

세자 혼자 어떻게든
해보려고 하는데
일은 점점 꼬여만 가고,

심지어
다른 왕자들은
미쳐버린 것 같아.

이번에
*이진….

그 미친 왕자 놈이
무슨 짓을 했는지 알아?

*이진 : 이혼의 형(광해군의 형) - 임해군

1606년

이덕이
놈이….

아버님 묘소에
들러서
오는 길이야.

나 대신에
고맙다….

날 보자마자
할아버지가 돌아가셨는데도
못 찾아뵐 정도로
아버지가 큰 죄를
지었냐고 묻더라.

죄인인 건 맞지.

…윤저야.
숨기는 것도 그렇고
언제까지 이렇게
숨어 살 수는
없을 거야.

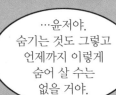

우리 가족의 문제는
내가 알아서 해.

궁 분위기가
난장판도
그런 난장판이
따로 없어.

이대로 혼이가
끝날 거라고
궁에 있는
모든 이들이
수군거려.

가뜩이나
임금 자리를
세자에게 주기 싫어
난리 떨던 왕인데
적장자가 태어났으니,

후궁부터
어린 시녀들까지
세자를 대놓고
무시한다고.

세자가 제정신을
붙들고 있는 게
신기할 정도야.

세자는
현명하고 똑똑해.
그리고 생각이 깊지.

더러운 정치판 싸움만
아니라면 그 누구도
세자가 임금이 되어야 한다는
것에 반대하지 않았을 거야.

하지만 현실이란 건 늘 호락호락하지가 않아.

생각이 깊으신 만큼 고통도 더 깊으실 거야.

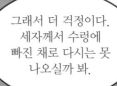

그래서 더 걱정이다. 세자께서 수렁에 빠진 채로 다시는 못 나오실까 봐.

1608년

임금이 승하하신 다음 날, 바로 즉위식을 했어. 세자께서 드디어 임금님이 되신 거지.

어차피 이렇게 일이 풀릴 것이었다면

조금이라도 덜 아프고 힘들게 풀렸었다면 좋았을 텐데.

그동안의 마음고생 때문에 임금님의 마음에는 이미 화와 불신이 가득해.
앞으로 몇 명의 피를 더 보셔야 그 불이 꺼질지 걱정이다.

임해군이
*불궤를 도모했다며
교동으로 보내
*위리안치했어.

임금이
이진…

아니,
임해군….

그리고 그동안 눈에
거슬렸던 자들의
*옥사를 시작하셨어.

영창대군은
너무 어려
아직 살려는
두시는 것 같지만….

과연
언제까지
살 수 있을까?

*불궤 : 법이나 도리를 지키지 아니함
*위리안치 : 유배된 죄인 집에 가시로 울타리를 치고 가두어 두던 일
*옥사 : 크고 중대한 범죄를 다스림

1609년

임해군이
죽었다.

궁에서는
수장 이정표가
독으로 죽였다고
알고 있지만,

사실은
새끼줄로
목을 졸라
죽였다고 해.

궁에 있는 몇몇 자들은 그것마저도
임금의 짓 아니냐며
그동안 이 악물고 버텨온 광기가
이제 곧 터질 것 같다
이야기하고는 해.

광해군의 광자가
빛나는 광자가 아니라
미칠 광자가 되는 건
한 획 차이라면서 말이야.

光
狂

…윤목아,
이후를
기억하느냐?

이후라면,

전 임금이
유난히 아끼던
인빈 김씨의
둘째 아들 신성군이
아닙니꺼?

그 아이는 전쟁
피란길에 사고로
죽은 걸로
알고 있는데….

그게
무슨…

설마….

혼이가 많이
시샘했던 아이였지.

이래도
죽은 줄 알았던
내가 살아있고
죽은 줄 알았던
아들이 살아있다고

네 생각처럼
간단히 혼이가 기뻐하고
좋아할 것 같으냐?

그 사실을 아는 자는
…저와 정윤목, 정윤저
셋뿐입니다.
정윤저 외 그의
가족들조차 이 사실을
알지 못합니다.

그 아이도
말이냐?

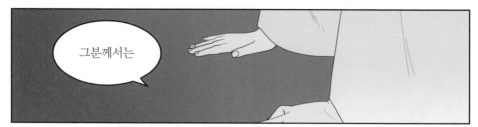

그분께서는

자신이 정윤저의
친자가 아니라는 사실만
정확히 알고 계실 뿐,
그 이상은 알고 싶지 않다
하셨습니다.

아뢰옵기
황공하오나,
전하.

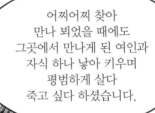

어찌어찌 찾아
만나 뵈었을 때에도
그곳에서 만나게 된 여인과
자식 하나 낳아 키우며
평범하게 살다
죽고 싶다 하셨습니다.

그분께서는
궁이나 자신의 신분에
아무런 욕심도 미련도
없으십니다.

자신의 신분을
추측하고
제일 먼저 하신 일은
머나먼 곳으로
떠나시는 일이셨습니다.

그러니

제발 자비를
베풀어 주시옵소서,
전하.

시발아,
나도 네가
오랫동안 내 뒤에서
도운 것들을
고맙게 여기고 있다.

고개를 들거라.

하지만,

이미 나를 한 번
속인 너를 내가
어찌 믿어야 할지를
모르겠어.

다만, 역모를 위해
그런 것은
아니라는 것이
확실하고

나 역시 윤목이 형님과
약조한 것이 있으니
형님들을 어찌 살려드릴까
고민을 해보았다.
명분이란 것은 만들기
나름이니 말이다.

앞으로도
내 아들은 '이지' 하나다.

첫째 아들은
전쟁 중에 태어났었는데,
태어나자마자 죽었었다.

결국,

이렇게 되고 마는구나.

그리고

이번에
그 아이가 죽는 걸
직접 확인을 하는 것은
네가 아닌 나다.

네?

같은 실수를
두 번이나 할 수는
없지 않느냐?

조선일애뎐

녹두전

윤목아,

우리가 알던 혼이와
임금 광해군은
다른 사람이다.

윤저 형님의 말을
듣고 있자 하니,

분명 내가
잘못한 게 맞는 건데,

처음부터 혼이한테
이덕이가 살아있다는 게
들키면 죽는다고
말해줬으면
되는 거였잖아?

울컥

소통을 하고 소통을

아버지!!
잠시만요!

그럼,
이 집은 버리고
가시는 건가요?

너도 모든 상황을
듣지 않았느냐.
어쩔 수 없다.

더는 여기에서
살 수 없어.

시무룩

그럼,
이 집 저 주세요.
살 집이 없어요.

어머님,
아버님
감사합니다.

그냥

설마 하고
던져본 말이었는데.

그렇게나
좋으세요?

그야…

그동안 단둘이서 있을 시간은 없었으니까.

그런데 혹여나 아버지가 다시 집을 내놓으라 하시면 어쩌죠…?

그건 걱정하지 마세요.

어머님 아버님께도 제가 선물을 하나 드렸거든요.

그러고 보니 며늘아기가 가면서 보라고 뭘 줬는데요.

?

?

며느리가 준 것은
다름 아닌
집문서였습니다.

며늘아기가
무슨 집이 있다고
이런 걸 준 걸까요?

원래 살고 있던 집이겠지.
뭐 우리 집이랑
비슷한 집 아니겠소?

형님.

그 며느님이
살던 집이라면,

낡기는 했지만 방이
10개 정도 되는
기와집이었는데…?

현명한 집주인

빈손으로 도망 나와
설기 언니가 못 쓰는 집이라며
잠시 묵으라고 했던 곳을

기방의 김장, 바느질,
잡일들을 해서 번
푼돈으로 산 집이었습니다.

귀신들린 집이라고
집값도 안 오르고 해서
포기하고 있었는데

어머님, 아버님께서
그곳에서 사시게 되면
귀신들린 집이라는
소문도 사라지고
그럼 집값도 오르고

저는 커다란 집을 선물로
드린 며느리가 되니
모두 행복해지는 거 아니겠어요?

모녀의 아침

아침마다 어머님 아니, 서방님이 화장하는 모습을 보고 있자면 어찌 사내가 이리 고울 수 있는가 하는 생각을 하게 됩니다.

뭘 그렇게 봐?

그냥…

고우셔서요.

무슨 소리야. 곱기는 네가 더 곱거든?

버럭

어디서 거짓부렁입니까?!

이상하다.

동주는
내가 화장할 때마다
나를 빤히
쳐다보고는 하는데

도저히
긴장돼서 화장에
집중할 수가 없다.

뭘
그렇게 봐?

그냥…
고우서서요.

무슨 소리야.
곱기는 네가
더 곱거든.

버럭

어디서
거짓부렁입니까?!

거짓부렁
이라길래

시험해보니….

흥.

…너 앞으로도
양 갈래는
하지 마라.

두근

추…
추하니까.

두근

분명 예전에는 내가 더 고왔던 것 같은데.

부전자전[父傳子傳]

계십니까?

누구십니까?

어사님 아니십니까?
무슨 일이십니까?

이덕이를
만나러 왔단다.
안에 있느냐?

아, 그것이
서방님께서는
옆 마을에 장사를
하러 가셨습니다.

장사?

동주야,
손님께서
찾아오셨느냐.

네,
어머니.

어서 오세요.
인사가 늦었습니다.

이 집 주인이자 동주 어미인
전녹두입니다.

〈녹두전〉 5권으로 이어집니다.

고우다! 김동주

안녕하세요, 혜진양입니다. 4권 후기입니다.

만화가 남편 홍 서방입니다. 강아지는 잔디입니다.

고우다! 장녹두

보시다시피 저희 부부는 요즘 덕질 중입니다.

깍— 깍—
드라마팅팟단

왜냐하면 〈조선열애뎐 녹두전〉이 〈조선 로코 녹두전〉이란 제목으로 2019년 9월 30일! KBS 2TV에서 방영이 확정되었기 때문입니다.

독주 역에 김소현 배우님

녹두 역에 장동윤 배우님

녹두전

녹두전

지금으로부터 2년 전 실은 동주 역에 캐스팅된 김소현 배우님 같은 경우에는,

자기야.

드라마 도깨비에 나온 저 배우님, 동주랑 어울릴 것 같지 않아?

너무 예뻐서 그렇지 그렇네. 어울리네.

그렇지? 딱이야.

그런데 자기야, 동주 배역 생각하기 전에 드라마 판권이 팔려야 하지 않을까?

…어떻게 장담해?

곧… 곧… 곧! 팔릴 거야!!

버럭

그거야! 녹두전은 철저하게 드라마화를 노리고 기획하고 그린 작품이니까!

으흐흐! 난 욕망의 화신이다.

…라고 말하면서! 이 기획에 대한 이야기를 풀고 싶지만! 드라마 덕질 이야기만으로도 페이지가 부족해서.

녹두전 5권 후기에 쓰도록 하겠습니다.

아무튼, 동주 역으로 유일하게 저희 부부 사이에서 말이 나왔던 소현 배우님께서 진짜 동주 역에 캐스팅되었단 소식을 들었을 땐 저도 남편도 너무 놀라서 행복한 춤을 췄습니다.

오에오!

오에오!

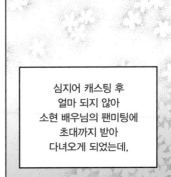

심지어 캐스팅 후 얼마 되지 않아 소현 배우님의 팬미팅에 초대까지 받아 다녀오게 되었는데,

오프닝부터 충격.

뭐야, 설마 우는 거야?

긴 머리를 잘라내고
단발머리로 변신하는
배우님의 오프닝
영상이 나오더니,

동주 그 자체로
변신한 배우님이
등장!

5권에서 이야기하겠지만,
제 오랜 꿈이 이뤄진
첫 순간이었던지라
감동 그 자체였습니다.

동주가
눈앞에 있어.
자기야!

소현 배우님은
천사야.
천사가
나타났다.

그 이후로
장동윤 배우님께서
녹두역에 캐스팅되셨단
소식을 들었지만,

헐! 대박.
누나 어떻게
장동윤을 몰라?

장동윤이
누구지?

동네 동생
ㅎ군

진짜
짱이라고.

처음에는 누군지
잘 몰랐습니다.

우리 동윤이가 드라마
〈우리가 계절이라면〉에서
얼마나 청순하고
곱게 나오는데!!!

당장 봐!
지금 보라고 동윤이의
멋짐을 빨리 느끼고
행복해하라고!

동네 동생 ㅎ군의
추천으로 동윤 배우님의
작품들을 다
찾아보게 되었는데,

동윤 배우님에게
완전히 입덕…이 아니라
팬이 되었습니다.

드라마를 보는 부부의 모습.jpg

그 후에,
드라마 감독님께
녹두전의 대본도
받아서 읽어보게 되고,

KBS 방향이 어디지?
감사해서 절을
올려야 할 것 같아.
너무 재밌어.

드라마 자체에도
열혈팬이 되었습니다.

아무튼 저도 설레고
기쁜 마음으로
드라마를 기다리며
4권 후기를 마칩니다.

아직 공개된 이미지가 없어
제 상상으로 그린!
장녹두와 김동주!
진짜 잘 부탁드려요!

그럼, 마지막 권인
5화 후기에서
다시 봬어요!!

251

도서 원작소설
녹두전 4

1판 1쇄 발행 2019년 9월 05일
1판 2쇄 발행 2019년 10월 30일

지은이 혜진양
펴낸이 김영곤
펴낸곳 ㈜북이십일 아르테팝
문학미디어마케팅부문 이사 신우섭
오리진사업본부 본부장 신지원
미디어만화팀 윤기홍 윤효정 박찬양 **디자인** 박선향 박지영
미디어마케팅팀 이한나 황은혜 **문학영업팀** 김한성 이광호 오서영
해외기획팀 이윤경 장수연 **홍보기획팀** 이혜연 **제작팀장** 이영민 권경민

출판등록 2000 년 5 월 6 일 제 406-2003-061 호
주소 (우 10881) 경기도 파주시 회동길 201(문발동)
대표전화 031-955-2100 **팩스** 031-955-2151 **이메일** book21@book21.co.kr

(주)북이십일 경계를 허무는 콘텐츠 리더

아르테팝 채널에서 도서 정보와 다양한 영상자료, 이벤트를 만나세요!
북이십일과 함께하는 팟캐스트 '책, 이게 뭐라고'
페이스북 facebook.com/21artepop   트위터 twitter.com/21artepop
인스타그램 instagram.com/21artepop   홈페이지 artepop.book21.com

ISBN 978-89-509-8292-8 04810
책값은 뒤표지에 있습니다.